À Antoine

Les éditions la courte échelle inc.
5243, boul. Saint-Laurent
Montréal (Québec)
H2T 1S4

Textes et illustrations de Roger Paré avec la
collaboration de Bertrand Gauthier pour les textes

Conception graphique: Derome design inc.
Révision des textes: Lise Duquette

Dépôt légal, 3e trimestre 1995
Bibliothèque nationale du Québec

Copyright © 1995 Les éditions de la courte échelle inc.

Données de catalogage avant publication (Canada)

Paré, Roger

    Plaisirs de vacances

    (Plaisirs; 7)
    Pour enfants.

    ISBN: 2-89021-253-X

    I. Titre. II. Collection: Paré, Roger.
Plaisirs; 7.

PS8581.A697P5238   1995   jC843'.54   C95-940843-6
PS9581.A697P5238   1995
PZ23.P37Plg 1995

Plaisirs de vacances

Textes et illustrations de Roger Paré
avec la collaboration de
Bertrand Gauthier pour les textes

Souris-Mimi et Souris-Lili
veulent faire le tour du monde
le tour de cette terre aussi ronde
que le plus gros des ballons.

Quand je dors dans mon lit
je rêve que je suis un oiseau
qui voyage de pays en pays
en se faisant beaucoup d'amis.

Regardez les deux chanceuses
tout là-haut au-dessus des toits
elles semblent si heureuses
de voler sur le dos d'un chat.

Bonjour Lili bonjour Mimi
mais oui je suis votre ami
entrez donc vous amuser
venez chanter rire et danser.

Allez hop les animaux
prenez place pour la photo
allez hop un grand sourire
pour en faire un joli souvenir.

Tout autour de la maison
il fait si doux il fait si bon
courir dans les champs
et taquiner les papillons.

Les moustaches dans le vent
notre gros chat nous promène
et par les soirs de beau temps
sur la lune il nous amène.

On va monter très très haut
là où tout est calme et beau
là où même les oiseaux
prennent un peu de repos.

Avec les kangourous
on peut jouer à se cacher
et courir toute la journée
sans jamais se fatiguer.

Quand elles montent en ballon
Lili et Mimi observent l'horizon
et si petites sont les maisons
qu'elles en ont des frissons.

Achevé d'imprimer sur les presses de Litho Acme inc.
3e trimestre 1995